아이의 눈에는 희망이 자란다

아이의 희망이 눈에는 자란다

임 우 현 지 음

징검다리

차례

또 한 번의 아이 책을 내며…

맞는 건지 모르겠습니다.

지금 제가 가르치고 키우는 내용들이 맞는 건지 틀리는 건지 모르겠습니다. 어디서 들은 것은 있어가지고, 짧지 않은 세월 살아온 경험은 있어가지고, 나름대로 바르게 키우려고 가르치고 있는데 이 가르침에 자신은 없습니다.

아프면 울라고 가르쳐야 할 것도 같고, 아프면 참으라고 가르쳐야 할 것 같고, 어린 시절 누군가의 말처럼 세상의 모든 일을 가르쳐 줄 수 있는 그런 마법 상자가 있었으면 좋겠습니다.

한 날 한 날 그저 최선을 다하며 하나님이 제게 주신 선물 빈이를 잘 가르칠 수 있는 아빠가 되기를 소원해 봅니다.

매일 만나는 이 땅의 모든 십대들과 젊은이들에게 당신들의 모든 부모들의 모습도 이 같지 않을까!

다시 한번 생각해보면 행여라도 틀린 가르침이 있다 하더라도, 진짜진짜 사랑해서 하는 가르침이니 아빠 말을 잘 따라주기를 부탁드립니다.

이 못난 글과 책이 하나님께 영광이 되고, 빈이에게 좋은 가르침이 되고, 이 글을 읽는 모든 이들에게 이 땅을 살며 아주 잠시 잠깐의 여운이 되기를 기도합니다.

　사랑합니다.

　　　　　　　　　　　　　못난 아빠, 못난 글쟁이 임우현

꿈

아빠가 꾸는 꿈
세상 모든 사람들이 꾸는 꿈
나이 일곱이라면
이제는 꿈에 대한
이야기를 시작해도 되지 않을까?
이 글을 보는
모든 이들에게 하고 싶은 말은
이제 꿈에 대한
이야기를 시작해야 하지 않을까?

믿고 싶습니다

정치인의 꿈은
권력과 명예가 아닌
나라와 백성을 위한
생명 바쳐
헌신하겠다는
꿈이라는 것을

경제인의 꿈은
부와 권세가 아닌
나라의 미래와
가난한 이들을 위한
누구보다
앞장서겠다는
꿈이라는 것을

크리스찬의 꿈은
혼자 예수 믿고

축복 받아
천국으로 가는 것이 아닌
한 알의 밀알 되어
이 땅에서 썩겠다는
꿈이라는 것을
믿고 싶습니다.

꿈의 대화

누군가를 만나
오 분만 이야기를
나누다 보면
더 많은 이야기를
나누고 싶은
사람이 있고
금방 자리를
뜨고 싶은
사람이 있답니다.

오 분간의 대화 속에
꿈의 대화가
다 들어 있기
때문입니다.
행여나 오늘 하루
필요 없는
이야기에만

목숨 걸고
살지는 않는지
되돌아 봅니다.

보 험

보험에 드는 이유는
불확실한
미래에 대한
불안함
때문이랍니다.
젊은 날 한 날 한 날
확실히
아직 모를 미래의
불안함 때문에
보험은 드는데
왜
아직도
꿈에 대한 보험은
들고 있지 않은지?
꿈꾸는 자만이
오늘을 살아갈
방법을 알 것입니다.

내가 웃는게

웃는게 아니야
내가 우는게
우는게 아니야
참 재미있게
듣던 노래 말인데
현실이
되어버리네요.
다시 툴툴 털고
일어나세요.
아직 우리 꿈은
저 멀리 있잖아요.

십 년

당신이
꿈을 꾸고
그 꿈을 위해
목숨 걸고
노력할 시간
십 년…
십 년만 죽도록
꿈을 향해
달려 나간다면
그 꿈
어느새
당신 품에
있을 거랍니다.

꿈의 댓가

꿈의 댓가는
준비 하셨나요.
꿈만 꾸고
아무런
꿈의 댓가를
지불하지
않는다면
도둑과도
다를 것이 없죠?
준비 하고
있나요?
꿈의 댓가를…

일기를 쓰세요

인터넷이든
노트 위에든
이제
당신만의
일기를 쓰세요.
어느 날의
역사서가
될 것이랍니다.
세상 사람들
당신의 일기를 보며
도전 받고
용기를 얻을 거랍니다.
시작 하세요.
오늘부터
일기를 쓰세요.

백 권

한 분야의 책
백 권만
읽어 낼 수 있다면
당신은
이미
그 꿈의 미래에
한참이나
가까이에 있답니다.
꿈꾸는
미래의 책 백 권
바로 시작해야 할
출발이랍니다.
지금
가방에
책은 있지요?

존 경

전병욱
황수관
양원석
라준석
용혜원
탁지원
김우현
장경동
김동호
제가 참
존경하는
분들이랍니다.
제 전화번호에
저장되어 있는
존경이라는 그룹
그저
닮고 싶습니다.

당신에게도

있나요?

존경하는 누군가가?

시작 하세요

꿈꾸는
사람이여
시작 하세요.
오늘
지금 당장
할 수 있는
아주 작은 일부터
시작 하세요.
그렇다면
그 꿈은
이미 이루어져가는
현재의 꿈이랍니다.
시작하세요.

공부

어떤 이들은
우연히
기회가 왔고
그 기회를 잡아서
성공했다고도 하지만
세상에
우연이라는 것은
없는 것 같습니다.
꿈을 위해
열심히
공부하는 사람
열심히
배우며
기다리는 사람
그 사람에게
기회가 올 것입니다.
공부 하세요.

모 험

세상에
정해진
길로만 간다면
편하기야 하고
빠르기는 하지만
세상 정말
그렇게
사시려고요?
미래의 꿈
정말
누군가가
다 이루어 놓은
그 길만
따라 가시려고요?
꼭 그래야 하나요?
꿈의 모험의 길을
지금 떠나세요.

꿈이 있어

좋겠다.
아무리 힘들어도
그렇게 많이
실패 했어도
꿈이 있어
좋겠다.
포기하지도 않고
쓰러지지도 않고
다시 일어나는
꿈이 있어
좋겠다.
당신은 참
좋겠다.

꿈의⋯ 유산

어느 날
나에게도
유산이라는 것을
물려줄 날이
돌아온다면
웃지 마세요.
괜히
비웃지 마세요.
장난 아니고
농담 아니고
아빠의 꿈
하나님의 꿈
정말로
평생토록
살아올 수 있었던
희망이 되었던
꿈을

물려줄
작정이랍니다.
죽어서도
말할 수 있는
꿈의… 유산

아빠의 꿈

예빈아.

아빠는 중학교 3학년 때까지는 종교가 불교였단다.

꼭 절에 다녀 불교는 아니었는데, 외할아버지가 스님이셨고 외할머니는 무당이셨단다. 그래서 어린 시절 외가댁에 놀러 가면 방안에는 불상이 있었고 목탁을 가지고 놀곤 했어.

그러다 고등학교 1학년이 되었을 때, 선배 따라 나간 H.CCC모임에서 처음으로 예수님을 만났고 아마 그 때 처음으로 하나님이란 분을 알게 되었단다. H.CCC에서 열심히 다니다 보니 예수님도 영접하게 되었고 그러다보니 그동안은 한 번도 생각하지 못했던 꿈이 생겼어.

듣도 보도 못한 청소년 사역이라는 거였지.

'십대들의 가슴에 푸르른 그리스도의 계절이 오게 하자!'

아빠가 꿈을 갖고 있던 시절, 늘 아빠 가슴에 있던 꿈이었단다. 물론 그 전에도 막연히 개그맨이나 공무원 같은 직업을 생각도 해보곤 했단다.

그런 와중에 아빠는 침례신학 대학교 기독교 교육학과에 꼴찌로 입학을 했고, 10년 만에 신학 대학을 졸업하는 우여곡

절을 겪으며 전도사가 되었단다.

　나름대로 열심히 살다보니 어느새 스님 할아버지와 무당 할머니도 예수님을 믿고 외갓집에서는 불상이 사라지는 기적도 있었단다. 대학시절에 학비도 벌고 생활비도 벌어보려 레크리에이션을 배웠는데, 아빠는 유일하게 기타 못치고 노래 못하는 레크리에이션 강사였단다.

　그렇게 시간이 흐르다 아빠는 고등학교 때 꿈이었던, 청소년들과 젊은이들에게 복음을 전하는 일을 하며 참 많은 곳을 쫓아 다녔어.

그러다보니 참 많은 일을 하게 되었단다. 청소년들에게 하고 싶은 이야기를 모아 책을 냈는데 그것이 시집이 되어 어느날 문득 시인이 되어 버렸고, 사람들 앞에서 이야기 하는 것을 좋아했는데 어느 날 극동방송과 CTS 기독교 TV에서 방송하는 진행자도 되었단다.

어느 날 돌아보니 전도사라는 명함도 생겼고, 십여 년동안 그 명함에 어울리는 많은 일을 해보려 애를 썼고, 조만간 목사라는 이 세상에서의 직함을 기다리고 있단다.

철없이 불교라고 종교를 말했던, 실력도 없고 가진 것도 없던 아빠가 고등학교 1학년 때 만난 예수님 때문에 청소년 선교 사역이라는 꿈이 결국 아빠의 현재와 미래를 바꾸어 놓았구나.

아빠는 사실 목회자라는 타이틀이 참 부끄럽단다. 언제든 용기가 난다면 빈이에게 아빠가 얼마나 나쁜 사람이었는지, 그리고 지금도 얼마나 못난 생각으로 아빠 자신을 힘들게 하는지 고백하는 날이 올지 모르겠구나.

그럼에도 매일 모든 것 용서하시는 하나님의 은혜로 아빠는 오늘도 꿈이라는 단어를 포기하지 않는다. 수없이 많은 실패와 실수로 죽음이라는 단어까지도 생각할 정도로 힘든 시절도 있었지만 이 모든 위기를 극복할 수 있었던 단 한 가지의 힘은 하나님이 아빠에게 주신 꿈이란다.

예빈이가 좀 더 나이가 들어 학생이 되고 젊은이가 되었을 때 이 글을 읽게 되어 아빠의 35살의 꿈을 발견하는 날, 그 자리에서 아빠가 처음에 가졌던 꿈을 잘 이어가는지 보아주길 바래.

혹시 아빠가 자그마한 성공을 이루었다고 하나님과 조금이라도 멀어지고 이 땅의 청소년과 젊은이들을 만나는 자리에 있지 않다면, 그 때에 사랑하는 아들이 아빠에게, "아빠, 젊은 시절의 꿈은 어디 갔나요?" 라고 아빠를 혼내줄 수 있기를 바래.

그런데 아빠가 변함없이 꿈을 열심히 만들어 가고 있다면 아빠에게 찾아와 아빠를 안아주며, "하나님, 우리 아빠의 젊은 날의 꿈을 꼭 이룰 수 있게 해주세요." 라고 기도해 주거라. 그리고 빈이 너의 꿈을 아빠에게도 말해주며, "아빠, 제 꿈을 위해서도 기도해 주세요." 라며 말할 수 있는 날이 올 수 있기를 소망해 본다.

아무도 주님을 몰랐던 불신자 가정에서, 온갖 우상을 섬기며 부적을 생활화 했던 우리 가정에서, 네가 이 글을 읽는 그 날은 모든 가족이 하나님을 섬기며 우리 가족 모두가 하나님이 주시는 꿈을 꾸는 가정이 되는 날을 기대하며, 아빠와 너로 인해 살아날 수많은 생명들을 기대해 본다.

예빈아, 우리 아무리 힘들고 어려워도 포기하지 말고 끝까지 최선을 다해보자. 알지? 화이팅!

PS. 사랑하는 빈이에게 아빠가 아빠의 꿈을 말하는 날 기쁨에 결국 감사해서…

엄마의 꿈

아빠가 엄마의 꿈을 쓰려니 조금은 어렵네. 왜냐면 아무리 부부사이라도 서로의 마음을 다는 모르는 것이니 혹시 아빠가 잘 못 쓸까봐 걱정이네.

아빠가 엄마를 처음 만난 곳은 침례신학대학에서 선후배로 만났어. 그 당시에 아빠도 조금은 인기가(?) 있었고, 아마 엄마도 조금은 인기가 있었던 것 같아. 학교에서 서로 킹카, 퀸카가 아니었을까?(미안하다 아빠도 살아야 하니 이해해라.)

학교 도서관 앞에서 수요 예배 후에 그 날도 아빠의 꿈을 이야기 하는데 네 엄마가 그 꿈에 흠뻑 빠지더라. 어찌나 아빠 이야기를 잘 들어주던지 그것만으로도 감격스러운 날이었단다. 그 날 이후 일 년 가까이를 따라다닌 끝에 결혼까지 할 수 있었어.

네 엄마는 아빠보다도 더 오랫동안 전도사님이었단다.

아빠가 알기에는 이 땅 누구보다 어린이를 사랑하고 어린이에게 복음을 잘 전하는 전도사님이야. 교사 교육이나 제자들에게 큐티 교육을 참 잘하고 설교 준비를 열심히 하는 전도사님이란다.

사실 아빠는 설교 준비도 조금은(?) 대충하는데, 네 엄마는 15분 설교 준비에도 밤을 꼬박 새우는 일을 많이 보았단다.

　그렇게 늘 어린이 예배를 인도하고 찬양단과 함께 늘 찬양을 하는 예배 인도자로 열심히 살아가는 네 엄마가 아빠에게 항상 얘기하는 엄마의 꿈은, 가난한 나라에 가서 어린이들을 위한 학교를 세우는 교육자가 되는 거란다.

조금은 먼 나중 일이지만 엄마와 아빠는 같이 선교지에 가서 학교도 만들고 선교도 할 거란다.

　물론 선교 비와 학교 세우는 일은 아빠 몫이라고, 아빠가 할 일까지도 엄마는 잘 알려주었단다.

　결국 우리 가족이 이루어야 할 꿈은 예수님이 우리에게 주신 지상명령을 땅 끝까지 가서, 모든 족속을 제자 삼아 아버지와 아들과 성령의 이름으로 세례를 주고 가르쳐 지키게 하는 일이지.

　이 일이 우리 가족의 꿈이고 특히나 네 엄마의 32살 변함없는 꿈이란다. 많은 시간이 흐른 뒤에도 엄마는 변함없는 이 꿈을 이루기 위해 최선을 다하고 있을 거란다.

　우리 엄마의 꿈을 위해 같이 기도하자. 엄마 파이팅!

우리 엄마의 꿈을 위해 같이 기도하자. 엄마 파이팅!

세상 배우기

이제 예빈이의 나이가 7살이 되었답니다. 2000년 1월 8일 생이다 보니 아주 빠른 7살이 되었답니다. 초등학교에 갈 수 있는 나이가 되었지만 또래 아이들보다 아직은 어려 보이기에 초등학교를 1년만 늦게 보낼 생각입니다.

이제는 정말로 어린이집이 아닌 초등학교에 들어갈 나이가 되어 가는데 아빠의 마음은 불안하기 그지없답니다.

예빈이가 살아갈 세상이 너무 빠르게 변하기 때문에 도무지 예빈이에게 이 세상을 어떻게 가르쳐야 할 지 잘 모르겠습니다.

아빠가 예빈이에게 매일 강조하는 것들이 있답니다. 앞으로 세상을 살아가기 위해 꼭 배워야 하는 것들이기에 때로는 화도 내고, 밥도 굶기고, 매도 대며 가르치는 것들이랍니다.

나중에 빈이가 조금 더 큰 어른이 되었을 때, 지금의 아빠 가르침이 효과가 있을지는 확신이 없습니다. 다만 이렇게 가르쳐야 하는 것이 맞는 것이기에 그저 가르칩니다.

취 침

일찍 자고
일찍 일어나야
건강한 사람이 된단다.
날마다 늦게까지
일하는 아빠 엄마 때문에
어느새
취침시간이
보통 어린이 보다
많이 늦어진
아이에게
일찍 자고
일찍 일어나야
건강한 사람이 된단다.

예빈이 취침시간은 대부분 밤 11시, 12시랍니다.
미안할 뿐입니다.

거짓말

거짓말하는 사람은
감옥가야 한다.
하나님이
제일 싫어하고
아빠가
제일 싫어하는
사람은
거짓말하는
사람이란다.
거짓말은
절대로 하면 안돼.

이 가르침 대로면 저는 이미 전과 100범도 넘습니다.
어찌 하나요.

식사기도

모든 음식을
먹을 때는
언제나
감사한 마음으로
하나님께 감사하고
날마다
반찬 투정하지 말고
맛있게 먹어야 한다.
예빈이
너 지금
식사기도 했어?

예빈이가 어느 날 아빠에게 말합니다.
아빠! 기도 안했지?

공 부

공부
열심히 해야
훌륭한 사람 된다.
공부
안하면
못난 사람
되는 거야.
말 전하기는
꼭 쓰고 가고
게임보다는
책읽기를
좋아해야 한다.
알았지?
공부 열심히 해야 한다.

제가 이런 말을 할 줄은 진정 몰랐습니다.
아빠가 되니 같아지는군요.

정리 정돈

네가
사용한 물건은
네가
정리해 놔야지.
그냥
어지럽히면
누군가가
고생하잖아.
네가
놀았으니
네가
정리 하는게 맞는 거야.
이런 쉬운 이치를
어른들도 모른단다.

어지럽힐 줄만 아는 어른들을 보고
배우지 않기를 그저 기도할 뿐입니다.

고운 말 예쁜 말

누가 가르쳐주지도
않았는데 어디서 그런
험한 말을 배웠는지
분명
어린이집에서 교회에서 가정에서
고운 말 예쁜 말만 가르쳤는데
어디서 그런
못된 말을 배웠는지

아마도 제가
화나서 하는 말을
다 들었나 봅니다.
누가 들어도 가슴 아프지 않은
그런 고운 말 예쁜 말만
써야 할텐데…

빈아, 너 가끔 아빠 듣는데서 욕하더라.
그러면 알지?… 열 대

예배 시간

다른 시간은
신나는
개구쟁이처럼
장난치며 놀아도
예배시간만큼은
진지하게
목사님 말씀 듣는
그런
어린이가 되어주길
그러길
진심으로 바람.
네 아빠는
전도사란다.

다른 아이들은 혼내서라도 가르치는데
이게 제 아이는 어렵네요.

선생님 말씀

선생님이
그렇게 하라고
가르쳤어?
선생님 말씀처럼
친구들과 사이좋게 놀고
선생님 말씀 잘 듣고
그렇게 지내야
착한 어린이지.
너
선생님이
예뻐해 준다고
자꾸
선생님 말씀
안 듣고
딴 짓하면 안 된다.

빈이네 반 선생님이 빈이를 참 예뻐해 주십니다.
선생님 말씀을 잘 들어야 할 텐데…

스스로 해요

양치질 하는 것도
옷 입는 것도
차에서 집까지 걸어가는 것도
스스로 해요.
아빠가 해 줄 거라
생각하지 말고
네가 스스로 해봐.
남이 해 주는 건
잠깐이거든.
스스로
할 수 있어야 한다.

남에게 부탁하는 것은 한계가 있단다.
결국에는 스스로 해야 할 거야.

돈 욕심

애가
어디서
벌써부터
돈을 아네.
어른들이
주시는 용돈은
저금통에 넣어서
어려운 이웃들에게
나누어 주어야지
어디서
벌써부터
돈 욕심을 부리니
아빠 줘봐!
아빠가
잘 보관 했다가
나중에 줄게.
알았지?

빈이가 받아오는 용돈이 꽤 많습니다.
나중에 진짜 달라하면 이거 큰 일입니다.

떼쓰지마

떼쓰지마
떼쓴다고
모든 일이
다
네 뜻대로
되는거 아니야.
오히려
떼쓰면
더 안 해줄거야.
아마
더 심하게
혼날지도 몰라.
떼쓰지마
앞으로
앞으로
어떤 일이 생겨도
떼쓰지마.

떼를 써서라도 해결 될 수 있는 일이 있다면
저도 떼쓰고 싶은 날들입니다.

사랑합니다

사랑합니다
사랑합니다
사랑합니다
사랑합니다
평생
이 말을
잊으면 안 된다
사랑합니다.

매일 밤 잠자기 전 아빠와
마지막으로 나누는 이야기입니다.
앞으로도 쭈욱~

친구랑 사이좋게

빈이야
굳이 친구를
이기려고 하지마.
지는 게 이기는 것일 수 있으니
친구를 꼭
이기려고는
하지 마라.
친구랑 사이좋게
지내는 방법은
네가
조금은 더
양보하며
지내야 하는 거야.
알았지?

이 세상 꼭 이기며 살 필요는 없을 것 같습니다.
같이 이기는 법을 가르치고 싶습니다.

잠은 집에서

잠은
집에서 자야지.
자꾸만
형네 집이 좋다고
형이랑만 자면
엄마 아빠가
기다리잖아.
아주 특별한 날을
제외하고는 빈아
앞으로 커서도
잠은 집에서
자도록 해야 한다.
집이 좋은 거야.

집에 있는 시간이 적어서 걱정입니다.
엄마 아빠 직업상 참 미안할 뿐입니다.

훌륭한 사람

훌륭한 사람은
음… 예빈아
훌륭한 사람은
음… 꼭
훌륭한 사람이 되려고
애쓰지 않아도 되겠다.
그저
열심히 살다보면
이 세상 사람 누구나가
훌륭해 질 수 있는 것이니
다른 노력을
억지로 하지 않아도 되겠다.
그저 성실하게만
살아라.

훌륭한 사람의 모델 찾기가 어렵네요.
훌륭한 사람보다 성실한 사람이 낫겠네.

책을 봐야지

세상속의
모든 위인들의
공통점이
또한
이 땅을
이끌어가는
모든 이들의
동일한 공통점
단 한 가지는
그들은
책을 보는
사람이었단다.
알았지
오늘도
책을 보는
습관을 길러야 한다.

아빠도 매일 되새기는 이야기란다.
책!책!책! 책을 읽읍시다.

밥 잘 먹어야

밥 잘 먹어야
건강한 사람 된다.
자꾸만
군것질 좋아하면
몸도 안 좋아지고
성격도 나빠진다.
진짜로
밥 잘 먹어야
항상
건강한 생활을
한다.
밥을 맛있게
먹어야 한다.

밥 먹는데서 아이 성격이 만들어 지네요.
늘 감사하게 잘 먹어야 한다.

아파도 참아

남자는 우는거 아니다.
아파도 참을 줄
알아야지
아파도 참아
그래도
장하네
아플텐데
눈물도 안 흘리고
뚝!
우는 거 아냐
남자는
아파도 우는게 아냐.

미안하다, 아들아. 이렇게 가르쳐서… 아프면 울 수
있어야 하는데 참으라고만 하니 나도 잘 모르겠다. 미안해.

착한 사람

착한 사람은
어려운 이웃도
돌볼 줄 알아야 하고
착한 사람은
쓰레기도
버리지 않고
남에게
욕하지 않고
남에게 해를 입히지도 않고
착한 사람은
진짜 착한 사람은
착하게
살려고 노력하는
사람이란다.

나쁜 사람은 원래 없는데 욕심이라는 것이 생기니
점점 나빠지네. 욕심이란 놈은 조심하거라.

아빠의 기도

하나님, 오늘도
예빈이와 저희 가족을
지켜주셔서 감사합니다.
우리가족 모두 늘 건강하고
하나님 은혜 안에서
늘 승리하게 해 주세요.
하나님 나라
큰 일꾼 될 줄 믿습니다.
복에 복을 더하시고
지경을 넓히시고
모든 환란에서 벗어나
근심이 없게 하옵소서.
예수님의 이름으로
기도합니다. 아멘

매일 밤 빈이의 머리에 손을 얹고
드리는 아빠의 기도랍니다.

예빈이의 기도

하나님
엄마 아빠
할머니 이모 삼촌
지켜주셔서
감사합니다.
하나님 나라
큰 일꾼 되게 해주세요.
예수님의
이름으로 기도합니다.

매일 밤 아빠 머리에
손을 얹고 드리는 빈이의 기도랍니다.

빈이랍니다

아빠의
사랑을 받고
하나님의
사랑을 받고
무럭무럭 자라는
빈이랍니다.

행복한 얼굴

빈이의 얼굴에는
제가 평생 동안
가져보지 못했던
표정들이
있답니다.
아니 어쩌면
나에게도 있었던 행복한
얼굴이었지만
점점 세월 속에
잃어버린
표정이랍니다.
이 행복한 얼굴
오래도록
간직하게
하고 싶습니다.

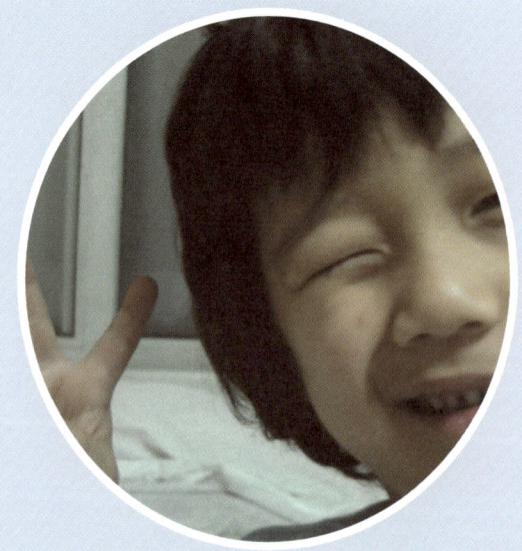

집 중

무언가의 일에
집중 할 수 있다는
사실이참 대견하답니다.
그림 그리기도, 낱말 쓰기도
시작하면 끝까지 최선을 다하는 모습
자꾸 요령 피울 때도 있지만
그래도 참 집중을 잘한답니다.

아빠의 눈

많은 친구들과 어린이집 발표회를
하는 날이랍니다.
정말 많은 어린이가
무대 위에 있었지만
시간 내내 아빠의 눈은
단 한곳만을 바라봅니다.
어디에 서있건, 무엇을 하건

소 원

언제나
정의의 편에
서있기를.
아빠의 소원은
언제나 변함없이
약하고, 아프고
소외된 사람들 편에
서있는 사람이기를.
아빠의 소원이랍니다.

사랑합니다

어색하게
만들어진
하트이지만
언제나
시키면
시키는 대로
사랑표현을
할 수 있는
참으로
순수한 마음이랍니다.

뽀 뽀

하루에도
열 번도 백 번도
더하는 뽀뽀랍니다.
빈아
너 나이 들어
이 사진 보고
한 번 더 하라고 할 때
징그럽다고 하면
아빠는 진짜로
삐칠란다.
평생 같이
뽀뽀하며 살자

대단한 인터넷

무언가에
홀린 듯
풀린 두 눈과
벌어진
입 사이의
손가락
그렇습니다.
지금 빈이는
한 시간이
넘도록
컴퓨터 게임에
푹 빠졌답니다.
대단한
인터넷..

형 제

큰집
현우 형이랍니다.
누가
형제 아니랄까봐
미래와
현재의
옮겨 놓은 모습입니다
가족은
서로 닮는다는데
그 말이
맞습니다.
둘이
싸우기도 하지만
점점 더
닮아만 갑니다.

만세

신난다.
만세!
세상에서
제일 좋은 날
평생
이렇게
만세 부르며
기뻐할 일이
많기를…
만세!

흔 적

임예빈 이라는
이름의
흔적을
남긴 나뭇잎
도자기랍니다.
평생토록
살면서
임예빈 이라는
이름의
흔적이
어떻게 남을지
기대됩니다.
평생에
향기 나는
흔적이기를…

차 한 잔의 여유

차 한 잔의
여유를
누리고
있나 봅니다.
너무 바쁘게
세상 살아가지 않고
그저
차 한 잔의 여유
잠시 잠깐
쉴 수 있는
그런 여유
예빈아
세상을
바쁘게 살지 말거라.

우비 삼남매

다운이 누나
현우
그리고
임예빈
집에 있는 것 보다
큰집에 가서
이렇게 셋만 모이면
세상에 아무것도
부러울 것이 없답니다.
뭐가 이리도 심각한지
아마 아름이 누나가
오나봅니다.

아름이 누나를 셋은
제일 무서워합니다.

놀아줘

저 오늘
한가해요.
오늘은
정말 심심해요.
잠시라도
심심한 시간을
견딜 수 없는
임예빈
소원이 있다면
몇 날 며칠
쉬지 않고
노는 것이
소원일 겁니다.
부르면 언제든지
달려갑니다.
놀아만 주세요.

각 도

어디서
배웠을까요?
제대로
가르친 적도
없는데
사진만 찍으면
고개를
살짝 돌리네요
각도도 좋고
표정도 좋고
어디서
배웠을까요?
사진 찍는
각도를.
참 잘 나오네요

못 말립니다

어째
표정이
주현 선생님을
닮은 듯한
얼굴에
장난이 가득한
참으로
못 말리는
빈이랍니다.
크리스마스의
행복한 추억
평생토록
만들어지기를
기도합니다.

고구마

얼굴보다
더 큰 고구마
직접 경험하는
농촌 체험이랍니다.
우리들이
먹는 모든 농산물이
얼마나 큰
땀의 열매인지
빈이가
잘 배우기를
그리고
우리도 잘
알 수 있기를
바랍니다.

에! 에!

에!에!
이 소리는
충북 청주시에
살고 있는
일곱 살난
임예빈 어린이가
본인의 생각과
틀리다고 느낄 때
순간적으로
튀어나오는
외침으로
듣고 나면
참 웃음이 나는
그런 소리랍니다
에! 에!
뭐라
답을 할까요?

운동하거라

빈이가
아빠처럼 되고 싶다고 하면
아빠가 자랑스럽게
그래 아빠도
열심히 살테니
아빠처럼
아니
아빠보다 몇 백 배 더
훌륭한 사람이 되거라.
다만 한 가지
아빠의 마지막 흠인
이 배만큼은
닮지 말거라
영원히
출산 할 수 없는
이 고통
빈아 운동 하거라.

100

사랑 이야기

써도 써도
나오는 이야기
사랑 이야기 랍니다.
아마도 영원히
마르지 않을
이야기 같습니다.

사랑에 대해

사랑에 대해
갑자기
떠오르는 단어가
있었습니다.
사랑에 대해
너무나도
잘 표현된 단어라
적어놓으려 했는데

아무리 생각해도
생각나지 않습니다.
오랜 시간을
고민했지만
떠오르지 않습니다.
.
.
.

당신에게
하고 싶은
사랑에 대한 단어였답니다.

거짓말

평생
행복하게
해주겠다는 이야기
절대
고생하게
안하겠다는 이야기

결코
눈물 나게
하지 않겠다는 이야기

결국
거짓말이
되어 버렸답니다.

미안합니다.

십자가

바라볼 수도
마주칠 수도
도망갈 수도
피해갈 수도
포기할 수도
없는
내게 주신
십자가
·

·

·

이제
제가 져야할
시간입니다

사랑아…

사랑아
이 나쁜 X야
사랑아
이 미운 X야
사랑아
너 진짜
나에게만
에이
나쁜 X야
오늘은
사랑에게
욕하고 싶은 날
사랑이
너무 아파서…

사랑이 너무 아파서…

전문가

진짜 같아 보이는
가짜가
오히려
더 많아지는
세상이
되어가고 있습니다.
진짜는
너무 적어
누구나
다 가질 수 없으니
진짜 같은 가짜
전문가 아니면
아무도 모를 가짜
제 사랑에 대해
당신은
전문가 이십니다.
진짜를 아니까요.

제 사랑에 대해 당신은 전문가 이십니다.
진짜를 아니까요.

걱정마

다 잘 될거야
노래도 있잖아
괜찮아
잘 될거야
걱정마
다…
잘 될거야
잘 될거야

아마도

이유 없이
가슴이 답답하네요.
웬일인지
머리도 어질하네요.
식욕도 없고
자꾸 체하는 거 보니
왜 자꾸
내 몸이 이런지
모르겠네요.
아마도
사랑을
시작해서인가 봅니다.

넌 사랑만 받아라

아무 말 없이
아무 생각도 없이
넌 그저
내 사랑만 받아라.

아무 조건도 없이
아무 이유도 없이
넌 그저
내 사랑만 받아라.

받기만 하는 사랑이
가능하냐 물으면
내가 오늘
말해주고 싶다.

그런 사랑
받기만 하는 사랑

얼마든지
가능하다고.
너란 사람만 있으면.

그런 사랑
주기만 하는 사랑이
더 행복하다고.
이 사랑 오래도록 주고 싶다고…

하루가

일 년이면 좋겠네요.
오래 살고 싶은
생각은 없지만
단 하루를
산다고 해도
사랑하며
살고 싶습니다.
사랑하는 날은
하루가
일 년이면 좋겠습니다.

하루가 일 년이면 좋겠네요.

약속할게!

그 약속
그때 했던 약속
이 세상에서
오직
두 사람만이
알고 있는 약속
그 약속
지키겠다고
약속할게.

두 사람만이 알고 있는 약속
지키겠다고 약속할게.

다 아는데…

당신이
어느 곳에 있는지
당신이 원하는 것들을
당신이
생각하는 것들을
당신이
기다리는 것들을
당신이
바라는 것들을
다 아는데
나도
다 아는데…
그래서
더 아프다.

당신이 바라는 것들을 다 아는데…
그래서 더 아프다.

잘려구요

전등을 끄고
텔레비전을 끄고
핸드폰
전원을 끄고
두 눈을
감아 봅니다.
·
·

이제
잘려구요.
자야지만
아침이 오니
·
·

억지로
두 눈을
감아봅니다.

이제 잘려구요.

어디 있나요?

하늘이
무너져도
솟아날
구멍이 있다고
하던데…

어디 있나요?
솟아날 구멍
지금
하늘이
무너지고 있습니다.

어디 있나요? 솟아날 구멍

내게도

추운 날이
오지
않을 줄 알았답니다.

무더운 여름
영원히
더울 줄 알았는데

이런
첫눈이 내립니다.
말도 없이
예고도 없이
겨울이 왔습니다.

이제
추워지는 날이
계속됩니다.

오지
않을 줄 알았는데
내게도
추운 날이 왔습니다.

사랑하며 살면

너무 일찍
늙어가는 것
같습니다.

시간이
너무 빨리
흘러가니

사랑하며 살면
오히려
손해인 것 같습니다.

당신이 날
늙어가게
하고 있답니다.

아주 빨리

당신이 날 늙어가게 하고 있답니다.
아주 빨리

아이의 눈에는 희망이 자란다

초판1쇄 발행 | 2009년 4월 7일
초판5쇄 발행 | 2011년 2월 15일

지은이 | 임우현
펴낸이 | 박대용
펴낸곳 | 도서출판 징검다리

주소 | 413-834 경기도 파주시 교하읍 산남리 292-8
전화 | 031)957-3890,3891 팩스 031)957-3889
이메일 | zinggumdari@hanmail.net

출판등록 | 제 10-1574호
등록일자 | 1998년 4월 3일